바
스
락
거
리
는

바스락거리는

유지희
시 집

새라의숲
SAERA FOREST

시인의 말

마음 어느 한 자락이
가끔씩
햇빛 한 줌을 따라 고개를 든다.

돌아보면 그리운 것들이 많다.

바람처럼 스치고 지나간 것조차도
풀잎같은 인연이다.

첫 시집을 발간했을 때의
푸르던 설렘을 기억하며
나의 시를 기다리고 있는 사람들에게
다섯 번째 시집을 전한다.

2020년 3월
유지희

1부

얼굴 들어 하늘을 보다

———

2부

담담하고 당당하게

―――――

3부

품에 안다

———

4부

화사한 자유

1부

얼굴 들어 하늘을 보다

연둣빛 수다

뛰어나와 봐야해
안에서는 볼 수 없어
여기저기서 온갖 언어로 어쩔줄 몰라하며
솟아오르고 터져나오며
피어나는 것들을 봐야지

2월과 3월 사이의 경계가 모호해지기 시작한 것을
바람이 전해주고 가네

걸리적거리는 것들이 훨훨 날개를 달고
하늘로 오르고 있는 이 환희가
사실은 지난 겨울부터 준비되고 있었다는 것을 알지?
터질 듯 부풀어 올라 입술이 간지러워, 봐야할 것은
왜 이렇게 많지?
간직해야 할 것도 참 많구나

누군가 내게 말한 걸 기억해

그 어떤 곱고 화려한 꽃사진보다 들판에 돋아나는 풀잎 옆에 앉아서 만져보고 눈맞춤을 해 보라고, 그렇게 해서 살아있음을 감사하라고

그 말이 왜 이렇게 가슴을 흔들까

나는 오늘 연둣빛 수다에 하루를 다 걸었다

빈 집에 찾아 온 봄

모두 도시로 떠난 시골의 빈집에도
봄은 어김없이 찾아와서
봄바람을 곳곳에 흩뿌려 놓고 간다

사람이 살지 않아도
바람에 날려 온 꽃씨들은 마당가 한 켠에 뿌리를 내리고
꽃 피울 준비를 하고 있다

유월

십여 년 전 넝쿨장미 앞에서 찍은 사진이
엄마의 영정사진이 되고 말았다
눈부신 태양 아래 붉은 장미는
그동안 순하게 살아오신 엄마의 어깨를
더할 수 없는 향기로 물들이며
꽃잎을 열었다

장미 향기 머금고 한 줌 재가 된지 벌써 4년인데
아직도 엄마는 해마다 넝쿨장미를 피워내신다

유년 시절 살았던 마당 넓은 답십리의 집에서
장독대를 하얀 행주로 닦고 또 닦으시던 엄마를 기억한다
잘 달여진 간장이 햇볕냄새를 빨아들이며 익어가던 때도
유월이었지
사진 속의 엄마는 흩어지는 햇볕냄새를 줍고 계신다

가을햇볕 아래서

햇볕이 좋은 가을날이면
'놀고 있는 햇볕이 아깝다…'라는
정진규 시인의 싯구가 생각난다
시인은 9월에 세상을 떠나시고
나는 더할 나위 없이 투명한 시월의 햇볕을 본다
하늘로 가신 시인은 햇볕 한 줌과 놀고 계실까

넣어 말릴 아무 것도 없어서 마음 한 켠이 쓸쓸하니
햇볕과 놀아야겠어서
운동화를 신고 햇볕 속으로 걸어 나간다

온몸으로 따사롭게 스며드는 햇볕의 손길
아주 오래전에 마당의 빨랫줄에 넣어 말리던
아이들의 하얀 기저귀들이
가을바람 소리와 함께 내게로 온다
빨랫비누를 넣어 크고 노란 양은들통에 폭폭 삶아 헹궈서
빨랫줄에 넣고 허리를 펴면 행복했다

뽀송뽀송하게 말라가는
기저귀에서 맡아지던 가을 냄새는
엄마의 냄새와 많이도 닮았다

햇볕과 놀면서 깊은 가을에 떠나신 엄마를 만난다

2017년 시월

물 오르는 시간

오랜 시간이 지나서야
나뭇가지에 물 오르는 소리를 들을 수 있었다
광풍이 몰아치고
뜨겁게 치밀어 오르는 분노를
조금씩 잠재울 줄 알게 되었을 때니
얼마나 오래 참았는지

깊고 깊은 곳에서 실핏줄을 타고 올라오는
그 소리를, 그 소리를 이제야 들으면서
꿈 속에서라도 가보고 싶은
갠지스강가로 시간 여행을 한다
내 영혼을 갠지스강물에 비추어 보게 될 날은
언제가 될 것인가

맨발로 지리산의 새벽 이슬을 밟으며 걸었던 그 날
물 오르는 소리가 귀를 때렸었지
신명 오른 무녀巫女가 시퍼런 작둣날 밟는 소리였을까

사각이는 버선발로 작두를 타던 무녀는 지금
어느 구름 속에서 세상을 내려다보고 있을까

봄날의 하루가 깊고도 짧다

배롱나무길

경상북도 청송 가는 길
배롱나무꽃들이 하늘을 향하여 간지럽게 웃고 있다
배롱나무를 가로수로 심은 어여쁜 이는 누구실까
백일 동안이나
피고 지고 또 피고 지고
또 다시 피어나는 저 배롱나무꽃처럼
한여름 동안 백일 낮과 밤을 꽃구름 속에 살게 하시다니

봄비처럼

차갑고도 고요하게
연둣빛으로 내리는 사월의 봄비와 손잡고
잠시 집시가 되어 길을 떠나볼까

그곳이 솔숲으로 가득한 바다였으면 좋겠다

봄비처럼 머물다
봄비처럼 내 자리로 돌아오련다

개복숭아꽃 피는 사월

아련하기도 하고 조금은 울렁거리기도 하는
북한산 자락길에 피어나는
개복숭아꽃길을 걸어간다
어느 소설가는 복사꽃을 보면
환장할 것 같다고 했지

깊숙이 숨어 있던
누구를 향한 것인지 모를 그리움 한 덩이가
목구멍을 타고 울컥 올라오고 있다
사방팔방으로 번져가는 사월 햇살이
더없이 따사로운 날
오래 전에 지나간 젊은 날의 사월이
한 해씩 한 해씩 다시금
내게로 돌아오고 있는 것만 같은 착각 속에서
순간 휘청거린다
머리위로 나붓나붓 떨어져 내리는 여린 꽃잎은
먼 곳으로 떠나신 누군가의 숨결인가

얼굴 들어 하늘 보는 나의 두 눈에

꽃비가 내리고 있다

세상이 온통 꽃빛인 사월의 일기는 차마 쓰지 못하겠다

푸른 발걸음

바다속에 잠기듯 바다를 보면서 걷는
정동진의 바다부채길을 만드는 데 3년이 걸렸다 한다

군사경계구역 철책선을 뜯어내고
천하절경을 보여주는 길을 걷는다
수많은 전설을 들려주면서
파도가 밀려오고
갈매기는 이곳에서 한가롭다
절벽에 피어난 야생화는
해풍과 더불어 향기를 더하고 바다를 닮아간다

절벽아래 핀 꽃을 꺾어달라시던
수로부인을 기다려볼까

항아리에 듬뿍 꽂힌 안개꽃

무수히 많은 말들을 작은 안개꽃잎으로 묶어서
투박한 항아리에 안겨주었다
군더더기 없이 밋밋한 항아리가
안개꽃이 들어오자
파안대소하기 시작한다

셀 수 없는 꽃잎만큼, 언제 그칠줄 모를 만큼 웃는다

항아리의 숨구멍에서 뿜어져나오는 웃음의 파장은
가을 날 하루를 온통 쏟아붓고 있다

오월의 편지

초록으로 덮여가는 숲속에서 쓰는 오월의 편지

내 삶을 지나간 초록 순간은
지금 어디쯤에서
날개를 쉬고 있을까

침묵의 언어를 알아듣는 지혜의 테두리는
얼마나 넓어졌는지
채근하지 않아도 기다릴 수 있는
여유가 생긴 것은 참으로 다행스러운 일
이렇게 편한 마음으로
늙어가는 그대에게 편지를 쓸 수 있다니

스스로 열어야 하는
내 인생에 남아 있는 문은 몇 개나 될까

금풍

예로부터 가을은 서쪽에 해당하고
서쪽은 오행 중에 金이기에
가을 바람을 금풍이라 했다한다

서쪽에서 부는 찬바람에
가을이 깊어가고
발길은 가을 속으로 향한다

산길을 걸으면

모든 것에서 자유로워진다
내려 놓기를 연습하면서
비워지는 자신을 느끼니
순간의 환희가 나를 가볍게 한다

순간의 환희가 산바람을 따라 가고 있다

그 목련의 봄

뒤뜰에 있는 목련나무 두 그루
해마다 봄이면 목련꽃 피었는데
올 봄에
한 그루는 단 한 송이의 꽃도 피지 않았다
애석한 마음으로
날마다 창밖을 보았지만 꽃을 보여주지 않더니
초록잎들이 나오기 시작한다

꽃 피울 시간에 침묵했구나
죽음처럼 침묵했구나

무악재에 능소화는 피고

무악재에는

안산과 인왕산을 이어주는 하늘다리가 있다

하늘다리 공사를 하면서 황량해진 비탈에 심어졌던

능소화가 2년만에 꽃을 피우기 시작했다

피어나는 꽃송이마다

어쩌면 좋아, 저렇게 헤프게 헤프게 웃고 있다니

수줍음의 단계를 건너 뛰고

지금 웃지 않으면 영영 웃을 수 있는 시간을

놓칠거라고 생각했을까

그 옛날 이곳은 호랑이가 살았다고 하지

효자를 등에 업고 무악재를 넘었다는 그 날랜 호랑이는

어느 하늘에서 여기를 내려다 보고 있을지도 몰라

눈보라 치던 밤에

형형한 눈빛으로

바람처럼 넘었던 무악재에 피어나는

주홍빛 능소화를 보고 있으려나

더운 바람에 훅 하고 날아온 꽃 한송이가

지금 웃지 않으면 안된다고 웃어보라고, 웃어보라고
입꼬리를 올려 보라고 재촉하는 뜨거운 여름 한낮인데

나는 끝간데 없이 지독하게 슬프다

달개비꽃에게 물어보는 말

어느 먼 곳에서 오셨나요
남해의 쪽빛 물결 밟으며
제게로 오셨을 텐데, 미처 마중도 나가지 못했어요

여름과 가을 사이
변함없이 계셨는데
여름이 엷은 미소를 남기고 떠나려는
어느 오후
당신의 꽃술에서 떨어지는 눈물을 보고야 말았습니다

어느 먼 곳으로 다시 가시려는 겁니까

까치밥나무 열매

빨간 열매가 맑게 빛난다

까치는 화사한 입을 가졌겠다
저토록 어여쁜 열매를 주둥이로 쪼아먹으니

가을날
까치들이 날아와서
허기진 배를 채우면
가벼워진 나뭇가지는 기뻐서 웃을 거다

까치밥나무 발갛게 익어가는 시월을 살고 있다

2부

담담하고 당당하게

그녀 K

까만색 긴원피스의 가슴위로
커다란 은빛목걸이가 찰랑이는 그녀
양천문화원 갤러리에 전시된 그녀의 그림들이
시원하게 세상의 바람을 쐬고 있다
직장암을 앓으면서 그림혼을 불태우며
고통과 싸웠다는 그녀는
유쾌하고 화려하다
그래서 빛난다

그녀가 펴낸 시집
자작나무의 방향계는
그녀를 가슴에 안고 남풍에 나부끼듯 창공을 가른다

그녀는 자작나무의 방향계가 가리키는 곳을
정확히 볼 줄 안다
거침없이 화려한 그녀는 오늘도 방향계를 보면서
예술혼을 불태운다

한국화 물감으로 무수한 점들을 찍으며

그녀의 세상을 만들고 있다

눈 내리는 삼청동길에서

찻집 유리창으로 12월의 눈발이 흩날렸다
예전처럼 눈이 와도 설레지 않음에 내심 놀라며
눈 내리는 풍경을 바라본다
몇 년 전이었던가
그해 나의 소망은
담담하고 당당하게 살자는 것이었다
시간이 날 때마다 담담하고 당당하게… 하고 되뇌었다
그렇게 살려고 애를 쓰니
한 해의 시간을 나름대로 담담하게 살았다는 생각이 든다

다시 한번 담담하고 당당하게

설렘 없이 편안했던 오후 한 나절이 빠르게 지고 있었다

섬진강의 가을

섬진강 물줄기 따라 하동의 이야기가 흐르고 있다
악양 들판의 벼들이 익어가고
주홍빛으로 익어가는 감들을 매달고 있는 가지가
땅에 닿을 듯 늘어지는 느긋한 평화로움을 만난다

가을을 만나러 나선 길에 섬진강을 떠올렸다
지리산 안개가 강줄기를 따라 내려오는 시간을 기다렸다
기다림은 오래도록 해야하는 숙제

가을 오후의 고즈넉한 섬진강을 보아라
노을이 지고 있는 강가를 걸으며
강바람을 가슴에 넣고 옷깃을 여며 본다
아무도 눈치 채지 못하도록 눈물을 감추는 일은
나를 견뎌야 하는 일이라고 섬진강이 말하고 있다

돋보기로 보는 세상

대낮인데도
작은 글씨가 보이지 않는다
돋보기 없이 읽어 보려고 오기를 부려 보았다
잔글씨를 읽지 말고 살아볼까?
그래도 세상은 아무렇지도 않게 돌아갈텐데
그러면 편해질까

웃음이 터졌다
모든 일들은 나에게 언제든지 다가올 수 있다는 것을
너무 빨리 알게 된걸까
　아니면 너무 늦게 알게 된 걸까, 쓸데없는 생각을 하면서도
마음 한 구석이 즐거워지는 이유는 뭘까, 나이를 먹는다는 것
은 새롭게 초록을 발견하는 일이고 새롭게 단풍 들어 가는 색
을 발견하는 일

리듬을 타고 돋보기 너머로 보는 세상에

넘어야 할 언덕이 또 다시 보인다

기다리고 있는 세상이 언덕 너머에 있나 보다

새벽바다

희미하게 밝아오는 빛을 데리고 내게로 오는 새벽바다
미처 맞이할 준비가 되어있지 않으니
기다려달라고 했다

기다림은 필요하지 않다고 한다
있는 그대로 맞이하면 된다고
준비할 동안 달아나 버리는 것이 인생인데
그것을 몰랐느냐고
아직도 몰랐느냐고 나직하게 얘기하네

퍼뜩 정신이 난다

초승달을 본 적이 있느냐고 물었더니

하늘을 본 지가 언제였는지 모른다 하네

달력에 음력 초하루 초이틀 초사흘날마다
빨간색 동그라미를 그려 놓고
노란 눈썹 하나 떠 있는 하늘을 보라했지

빨간색 동그라미를 그리기 위해
색연필부터 사야겠다니
그래, 그 마음이면 초승달을 볼 수 있겠구나

바스락거리는

물기가 말라가면서 나뭇잎은
슬픔 앞에 선다
거울 속에 비친 나이 들어가는 얼굴에
돋아나는 기미와 검버섯을 보면서
새삼 서글퍼지는 것과 참 많이도 닮았다

꽃향유

가을은 꽃향유가 피면서 절정의 시간을 맞는다
보랏빛 유혹을 물리치기란 여간 힘들지 않은 법
한낮의 투명한 햇살 아래
벌들이 날아와
축제의 시간을 갖는다

저 보랏빛을 낼 수 있는 물감은 지상에 없을 것만 같다

꽃
향
유

가을을 품에 안고 하늘을 본다

바오밥나무

바오밥나무를 만나러 집을 나섰다
나의 어린 왕자는 나를 떠난 지 오래 되었지만

몸통에 물을 저장하면서
배와 허리가 둥글어지는
투명하고 연한 황토빛이 매혹적인 나무
물은 사랑이고 너그러움이며 모든 것을 품는 넉넉함

용인 한택식물원에서 자라고 있는
세 그루의 나무여
참 멀리서 왔구나
이곳을 찾은 사람들이
어린 왕자 이야기를 궁금해 했는지
길들이는 의미를 깨달았다고 전해주고 갔는지
생각하다가 이내 고개를 저으며
오래도록 바오밥나무를 보고 있었다

감나무가 있는 골목길 가을 풍경

하늘이 푸르게 맑은 날
가지마다 주홍빛 감이 실하게 달려 있는
풍경을 본다

오래된 옛집들이 가을 한철 동안
감나무가 있어서 환해진다

오월에 떨어진 감꽃으로
목걸이를 만들어 목에 걸던 어린 소녀들은
할머니가 되었겠다
그녀들은
지나간 시절을 감꽃처럼 그리워하면서
눈시울 붉히려나

무수히 많은 주홍빛 등불이 가지마다 달려 있으니
해가 지면 불 밝히지 않아도 좋겠다

처연하고 아름다운 고통

프리다 칼로의 그림을 보면
쿵쿵 뛰는 심장을 느낀다
그녀의 그림은 멕시코를 많이도 닮았다
마음이 뒤숭숭할 때
칼로의 그림을 보면
사치란 생각이 들면서
부끄럽고 숙연해진다

부서진 기둥 그림은
그녀를 관통하는 주제
부서진 기둥이 심장을 뛰게 하네

칼로의 눈빛이 찌를 듯 강렬하다
정신 차리라고 외치고 있다

오후 다섯시에 찍는 흑백사진

9월 오후
그 시간쯤의 햇빛은 가히 환상적이지
아침 혹은 점심나절의 햇빛에서는 느낄 수 없는
가슴에 찌릿한 순간의 통증을 동반하고
물처럼 스며드는 석양의 바로 직전
흑백사진을 찍는다

흑백 웃음 짓는 눈을 들여다보며
조금씩 비워지는
마음의 무게를 저울질 해 본다

포인세티아

축하
축복
나의 마음은 불타고 있습니다

포인세티아의 꽃말이 꽃물결을 이룬다

겨울의 문턱을 넘으면
포인세티아 화분을 샀다
그렇게 스무 해를 넘게 지냈다

몇 해의 축하와 축복이 남아 있을까

자화상

꿈을 꾸었다

소슬바람 부는 들판을 지나
구절초꽃이 손짓하는 곳으로 가서
다소곳이 앉아 있다가
소리없이 일어나 다시 걷는 꿈을

구절초꽃들이 내 뒤를 따라 걸으며
외로움을 줍고 있었다

환해진다

달 1

늘 갖고 싶었다
그리고
놓고 싶지 않았다

사랑처럼 그렇게

달 2

뼈가 시리다고 느껴질 때면
보름달이 뜨는 날을 기다려
달을 보러 나갔지

고개를 젖히고
한참을 올려다보며
시린 뼈가 따뜻해지라고
주문을 걸었던 날이 있었다

달 3

어머니는 달
아버지도 달

나는 언제쯤 달이 될까

남산타워에서

어디까지 갈 수 있을까

언제까지 갈 수 있을까

누구를 잊고 싶은가

누구를 기억하고 싶은가

3부

품에 안다

詩 한 송이

무엇을 기다리느냐고 묻는다면
詩 한 송이 라고 말하련다
내 안에서 제대로 피워낸 詩 한 송이를
언제쯤 가슴에 안을 수 있을까

파랗게 찌르며 스며드는

이제 더는
고요하되, 조용하지 않기로 한다

조용히 살았더니 나도 모르는 사이에
육신의 병이 생기고 마음에도 병이 생겼다
몸 따로 마음 따로가 아닌 것이다

귀가 순해지는 시간에 다다랐으니
내 귀가 듣고 싶어하는 소리를 찾아서
파랗게 찌르며 스며드는 것들을 담담히 맞이할 것이다

한 시간 동안

창 밖엔 늦장맛비가 나뭇잎을 때리고 있다

임태경의 노래를 틀어놓고
잔글씨가 보이지 않아 돋보기를 쓰고
오십을 갓 넘긴 여인의 시집 한 권을
오랜만에, 소리내어 읽었다, 한 권의 시 모두를

그녀의 오십 년을 한 시간 동안 집중하여 읽는다
시를 읽고 그녀가 찍은 사진을 보면서
그녀가 걸었던 골목길을 걷고
보았던 하늘과 바다를 보고
생각했던 것들을 생각해보면서
참, 많이 다르고 많이 같다는 생각에
감정의 파도를 탔다

애타게 호소하는 듯한 노래와
소리내서 시를 읽는 내 목소리를 듣다가

간간이 고개 들어서 쳐다보는 창 밖의
무성한 산딸나뭇잎에 떨어지는 빗줄기가 경쾌하다

오롯이 내 것이 되었던, 나의 것!
정오의 한 시간이여

병상에서

수술실 천장은 얼음처럼 차가운 불빛으로 가득했다
그 불빛을 쳐다보며 바르게 누웠다가
오른쪽으로 몸을 돌려
새우처럼 등을 구부리고 척추마취를 했다
生이 늪처럼 꺼지는 듯 하다가
정신이 가물가물해졌다

무릎수술이 끝난 후 회복실을 거쳐
병실로 돌아와 누웠다
주삿바늘을 통하여 여러 가지 약물이
혈관을 통해 흘렀다, 삶이 이런 거구나, 약물 같은 거구나

주삿바늘 꽂힌 곳마다 푸른 멍이 들었다
지난 시간을 생각하다보니
마음속에 꿈틀거리는 아릿한 회환
세상의 모든 일이 나에게 일어날 수 있다는 것을
다시금 깨달으며

푸르게 멍든 부위를 살살 문질러 주었다

현재의 삶에 감사하는 것만이 세상을 건강하게 사는 것
아직도 내려놓아야 할 것이 많이 있네

병상에 누워 있던 닷새 동안 내가 만난 것은
9월의 파란 기다림이었다

나의 스물아홉 살에게

스물아홉이던 해의 12월 31일 밤을 꼬박 새웠었다

그 밤이 지나면 내가 서른 살이 된다는 사실이

얼마나 무서웠는지

그렇게 서른이 빨리 올 줄 몰랐었다

가엾은 스물아홉이여

가난한 살림살이에

시부모님 모시며 아이들 키우느라

그 나이를 쓰다듬어 주지도 못하고

어여삐 여기지도 못한 채 흘려 보낸

모래알 같이 많은 날들을

이제야 처음으로 불러서 내 앞에 세워 본다

변하지 않았구나, 나의 지난 날 스물아홉이여

고마웠다, 뼈 아프도록 고마웠다

힘들고 아리고 슬펐겠지만 잘 참아줘서 고맙다는 말을

이제야 하네, 눈물 흘리지 않고 웃으며 말하네

詩의 수혈

2년 전 어느 봄날
내 시에 수혈이 필요하다고 Y가 말했다
수혈이 필요하다는 말에
오싹 소름이 돋았던 그날 아침, 새파랗게 경련하듯
놀랐던 기억이 생생하다
순간적으로 쩽하게 관통하는 즐거움을 느끼며
그녀에게 감사했다

아직까지 한 번도 수혈을 하지 않은 나의 시에게
애원한다, 기다려달라고

호수와 폭포

둘은 서로를 그리워하며
나 아닌 그가 되고 싶어한다
같은 물이면서도 너무도 다른 둘

내가 갖지 못한 것을 갖고 싶어하는 열망을
그들에게서 본다
있는 힘껏 팔을 뻗쳐도
결코, 서로에게 닿을 수 없는 숙명인 것을

그렇게 우리는 살아간다

고아

쉰을 한참 넘기고 고아孤兒가 되었다
몸과 마음을 붙일 곳 없는 고아는
매일 슬픔과 이야기 하는 법을 배우고 있다

슬픔은 나를 이해하고
나는 슬픔을 이해하려 애쓰며 살고 있는 것이다

울트라마린블루를 꿈꾸며

내 생애 어느 한 시절, 삶의 빛깔이 울트라마린블루였던 시간이 있었을까

어느 한 순간이라도 기억이 없다면 이제 한 번 쯤 꿈꾸어도 좋을 나의 울트라마린블루…

바다를 건너온 물감이었으니, 청금석靑金石을 빻아 만든 물감의 빛은 최고의 바다색이었으니, 금보다 더 비싼 그 물감으로 사치를 맘껏 드러내며 칠해졌을 귀족과 종교화宗教畵의 파노라마

그 빛 속에 잠겼다가 마음껏 푸른 바람에 날리고 싶다

뜨거운 태양이 내리쬐던 8월 어느 날

인왕산 자락길에서 보았던 울트라마린블루로 칠해진 담벼락이 신선했다

산동네 허름한 집이었지만 충분히 아름다웠고 범접할 수 없이 도도했다

그날부터 꿈꾸기 시작한 내 삶의 울트라마린블루의 순간이여

남아있는 나날 중 어느 한 순간이면 족하리

곁과 속이 단단하고 빛나는 울트라마린블루의 시간 속으로
기꺼이 가고야 말겠다

찬란한 거짓말

아픔이 눈에 보이는데도 자식 앞에서 괜찮다고 하는 그 말
까맣게 약속을 잊고서 그 약속 잊지 않았다는 말
혼자서 왜 못살겠느냐며 큰소리 치고 돌아서며 뜨겁게 우는
여인의 말
붉게 지는 저녁 노을처럼 스러지고 싶다는 말
매일 챙겨 먹어야 하는 약봉지들을 보며 이렇게 살아서 뭐하
냐는 말

봄날 산수유 꽃망울 터져 나오듯이
터져 나오는 찬란한 거짓말들을 들으며 우리는 힘을 내는 것
이다
그리고 노랗게 웃어 보는 것이다

죽기 전에 얼마나 후회하려고

허리를 곧게 펴고 하늘을 무심하게 오래도록 본 적이 언제
였지
불어오는 바람결을 눈 감고 느껴본지는 얼마나 되었나
만나서 밥 한 번 먹자는 빈 말은 몇 번이나 했을까
피붙이에게 사랑한다는 말은 왜 그렇게 인색했는지
가난한 통장을 보고 황무지에서나 부는 바람을 일으켰지
그러면서 한참을 휘청거렸던 날들

가부좌를 틀고 명상을 한답시고 앉아서
온갖 잡념에 미간이 찌푸려지니
맑고 푸른 기운이 다가오다가 슬며시 사라지더라

사랑은 마음 속에서 찰랑이고 있는데 그것을 모르다니
제대로 숨 쉬고 살아간다는 사실이 얼마나 환희로운 일인지
모르다니

슬픔과 마주하기

외면하지 않기로 한다
정면으로 마주보고
슬픔을 박박 문질러서 깎아보기로 한다
한꺼풀씩 깎여나가는 슬픔 조각들
순간 꽃으로 피었다 순간에 지고 만다

피고 지는 것이 꽃뿐이랴
슬픔도 꽃처럼 피고 지는 것을
다만
슬픔이 피었다 지는 시간을
있는 그대로 응시해야 한다

리스본행 야간열차를 낭독하며

아마데우스가 인간백정을 살려내며 '나는 의사다'라고 말하
는 장면을 읽을 때 L은 눈물이 나서 읽을 수 없다고 했다
잠시의 침묵 뒤 옆 사람이 낭독을 하는 동안 L은 소리 없이
울었다

양심은 무엇이고 정의는 무엇인가
그리고 사랑은 무엇인가
책 속에서 '천박한 허영심은 우둔함의 다른 형태'라고 했다
그렇지, 최소한, 천박한 허영심으로 살지는 말아야지

눈으로 읽을 때 느끼지 못했던 한 사내의 내면을 읽는다

차라리 외로운게 낫다

바람도 자고 있는 적막한 석양 무렵
K의 문자메시지가 저음으로 울린다
'내가 살아보니 마음이 괴로운 것보다는
차라리 외로운게 낫더라고요'

그럴거다

괴로운 사람의 얼굴을 보면 가까이 가기 어렵지만
외로운 사람의 얼굴을 보면 가까이 가고 싶어지지

나는 지금 괴로워서
차라리 외롭고 싶다

어떤 기다림

사십 년 전에 입었던
하늘색 원피스는
옷장 속에서 긴 잠을 자고 있다

힘든 시절을 살면서도
무뎌지지 않으려고 무던히 애쓰던 시간이
강물처럼 흐르고 불혹을 넘긴 어느 날
원피스를 사준 나의 남자가 말했다
하늘로 돌아가는 날, 하늘색 원피스를
수의로 입었으면 좋겠다고

그래야지 그렇게 해야지

하늘색 원피스를 입고
하늘로 가는 호호백발의 아름다운 여행을
그려본다

제주도에서 온 편지

꽃무늬 봉투에 제주도 우체국 소인이 찍힌 편지가 왔다

서울 사는 사람인데 언제 제주도로 이사를 했을까
또박또박 정성껏 눌러 쓴 단정한 글씨
편지를 읽는 오후의 빛나는 기쁨
중년의 그녀는 이른 저녁을 먹은 후
아이들을 데리고 도서관으로 가서
밤 늦도록 읽고 싶은 책을 맘껏 읽고 집으로 온단다

남편의 휴식을 위하여 직장을 그만두고
두어 달 머물 생각으로
제주로 날아간 그녀의 행복한 일상이 푸르게 묻어난다
바람과 햇살과 바다를 매일 품으며
현기영 소설을 읽으며 지냈고
서울에서 날아온 친구를 행복하게 만났다는 이야기와
또 다른 이야기가 편지지 석 장에 가득 넘실대고 있다

그녀는 다시 서울로 와서 제주를 그리워하며 살고 있다
나의 답장은 제주로 보내지 못하고
서대문우체국 소인이 찍혀 그녀의 집으로 갔다

그녀에게 언젠가
조용한 산골 어느 우체국 소인이 찍힌
편지를 보내고 싶다

삶이 다하는 날까지

가고 싶은 곳을 걸어다닐 수 있고
늙어가는 친구와 만났을 때
오랜 시간 동안 대화가 끊어지지 않으며
이야기할 수 있기를
꽃과 나무, 흘러가는 구름, 맑은 하늘 보면서
예전과 다름없이 아름다움을 느낄 수 있기를

노욕老慾에 거리를 두면서
반짝이는 눈빛으로 나이들기를

지난 시간은 다시 올 수 없는 것이기에
자꾸 되돌아보는 어리석음에서 멀어지기를

좋아하는 시집을 펼쳐들고
언제든 읽어 볼 수 있기를

4부

화사한 자유

모란장

성남의 모란장에는
한 달에 여섯 날씩 모란이 핀다
눈 맑은 어린 강아지들이 모란을 꽃피우고
이마에 가득한 굵은 주름이 모란을 피게 한다
참 거룩한 일이다
좌판에 놓여있는 온갖 물건들과 모여드는 사람들이
모란 봉우리의 입술을 여는 것이다

모란의 입술을 열고 나오는 가슴 터질 것만 같은
숨소리를 들으며 발걸음을 옮긴다

설레는 장터길을 걸어 보았는가
소복소복 인정이 쌓이고
소박한 눈빛을 만나며
지난날을 돌아보는 따스한 기적의 시간을 품어 보라
찰나처럼 날아가 버린 삶의 순간이 저 심연 속에 있다
모란장에서 피어나는 꽃송이들, 고귀한 숨결이다

탱자나무

시퍼렇게 날선 가시가 지켜주는 가운데
잎보다 먼저 다섯 장의 꽃잎을
하얗게 피워내는
어여쁨은 누구의 부활인가

가시가 있기에 울타리가 될 수 있는 귀함이여

일몰에서 일출 사이

수평선을 붉게 물들이며 바다가 깊어지고
산 너머로 태양이 몸을 숨기며 산도 깊어진다

일몰의 순간을 숨 죽여 바라보던 때가 있었다
그때, 나는 앞이 보였던가 보이지 않았던가

호흡을 깊게 하면서
내 생의 일출을 기다리기로 마음 먹은 아팠던 시간

사람을 기다리고 계절을 기다리는 일은
정녕 아름다운 것

일몰과 일출 사이에 누워 하늘을 본다
얼굴 위로 쏟아지는 그림자와 빛

여름날 초록순간이 모여

나무에 내려 앉아 나뭇잎마다 반짝이는
맑은 햇살은 언제나 초록이다
가진 것 없어도 누릴 수 있는 최고의 호강이니
맘껏 초록을 누려볼 생각이다

잎사귀가 넓을수록 넘쳐나는 초록햇살
플라타너스여
오동나무여
목련이여
첫사랑같은 후박나무여

바람과 함께 흔들리는 햇살은
지상의 온갖 언어로 춤을 추고 있구나
어느 것에도 구속 받지 않는 자유를
너의 몸짓에서 또렷이 읽고 눈부시게 바라본다
초록이 순간순간 모여서 만드는
눈부신 절정의 자유를

을지로의 흡연구역 풍경

말끔한 차림새의 남자들이 삼삼오오 모여
담배연기를 내 뿜는다
흡연의 욕망을 연기로 토해내는
그들의 얼굴표정은 밝고 유쾌하다
다림질이 잘 된 하얀 셔츠만큼이나
화사해보이기도 하네

허락받은 구역이니
눈치를 주는 사람도 없다
푸 하고 짧게 내뿜는 연기속으로
근심도 사라지는가

흡연구역 가까이에 심어진 나무들
아무렇지 않은 듯 그들의 근심을 빨아 들여
공중으로 분사하고 있다

천사를 보았나요

펼쳐진 동화책 페이지마다
얼마나 많은 천사들이 날개를 달고 우리를 만나러 왔을까
보이지 않는 모습으로 머릿속에 그려지던 천사들은
두 돌이나 세 돌쯤 된 아기들이다
맑은 음성으로 쏟아내는 천사의 말을 듣는다

아기들이 조금씩 크면서 천사는 날개를 펴고
먼 곳으로 떠난다

항해

바다를 떠나서 눈 감고 누워 있는 생선들
갈 수 없는 곳을 향한 애틋함이 얼음덩이에 눌리고 있다
어디에서도 바다 냄새를 맡을 수 없고
파도 소리가 들리지 않는다

어느 집 식탁에 올려졌을 때
젓가락이나 숟가락에
바다 소식을 얹어 볼까
찰나의 시간 입 속으로 들어가며
비로소 바다와 눈을 맞춘다

멀리서 빛나는 것

마음에서 쉽게 사라지지 않는 것은
거의가 다 멀리서 빛나는 것들이다
밤하늘의 별빛과 달빛이 그러하고
윤기나는 머리칼을 지닌
지난 날의 내가
반백의 나를 바라보는 눈빛도 그러하다

나의 존재가 멀리서 빛날 수 있기를

막장을 끓이며

막장은
매섭게 추운 영하의 날씨에 먹어야 제맛이다

간장을 달이고 남은 된장이 아니라
된장 그 자체로 1년여 숙성시켜서 먹는 막장은
제대로 된 깊은 맛을 내기에
한 두가지만 넣기로 한다
호박이나 두부로 자연의 맛을 듬뿍
즐기기로 하자
자극적인 매운 맛도 오늘은 거부하기로 한다
식도를 타고 부드럽게 넘어가는 막장찌개가
오늘 저녁을 더없이 부드럽게 하는구나

해바라기에게

어쩌면 이리도 숭고하게 피어나는가

작은 씨앗에서 싹을 틔우고

굵고 씩씩한 줄기로 자라

태양을 향하여 고개 돌리는 둥근 얼굴이 되다니

그렇게 꽃을 피우다니

놀라워라, 세상의 둥근 것들을 품에 안고

빛나는 노란 꽃잎들

나는 언제쯤 저렇게

둥근 것들을 품에 안을 수 있을까

뜨거운 여름날

견뎌야 할 많은 것들 앞에서

몸을 낮추었다가 다시 일어나기를 몇 번이나 반복했을까

태양과 함께 익어가는 씨앗들이

세상을 향하여 가지런히 웃고 있는 풍경 앞에

가슴을 열고 마음껏

정열을 품어 봐도 될까, 해바라기 사랑아

목화솜 따는 소녀

라카페 갤러리에서 본 흑백사진 속의 소녀는
목화솜을 따고 있다
묘한 울림으로 다가오는 목화밭 풍경을
소녀의 목화솜 따는 손길이 완성하고 있다
풍경은 사람이 완성한다고 했지
꽃 진 자리마다 하얗게 벙그는 목화솜을 따려면
소녀는 수도 없이 가시에 손가락을 찔리며
방울방울 소리없이 맺히는 핏방울을 보았을 것이다
면옷을 좋아하는 사진작가는 말한다
목화솜 따며 가시에 찔려 피흘렸을 소녀 생각을 하면
면으로 만든 옷을 입기조차 미안하다고

살아가면서 미안해야할 사람들은 얼마나 많은가

아기의 눈동자에 들어 있는 별

아기의 눈을 가만히 들여다보고 있으면

두 개의 별이 쏙 빠져나올 것만 같아

어찌할 줄 모르겠다

나에게 자유란

그리움을 향한 마음이 늘 열려있었으면 좋겠다
그리고 그 마음 안으로 들어오는 사람을
고요히 바라볼 수 있으면 좋겠다

살면서
사람이 무섭지 않기를 바라는 그 마음이
나의 진정한 자유라고 말해보는 어느 오후 한 때

고마운 일

산등성이나 들판의 꽃들이
때 맞춰 꽃을 피우는 일
무섭게 몰아치는 태풍을 이겨내고
풀잎들이 다시 일어나는 일
해일이 휩쓸고 지나가도
안간힘 다하여 바위에 붙어서
미역들이 자라는 일

새벽이 밝아오기 전 어둠을 뒤로한 채
노란 야광조끼를 입고 거리를 쓸어내는 거룩한 일

아기를 등에 업고
자장가를 불러주는 일

세상을 살아가는데 고마운 일들이
셀 수 없이 많다
보금자리 찾아 떠나는 철새들 만큼이나 많다

시래기국

경건한 의식을 치르듯
껍질을 얇게 벗기고
가끔은 싱싱한 냄새를 맡아보기도 하면서
팔팔 끓는 물에 넣고 불을 줄여가며
은근하게 푹 삶아서 헹구어
찬물에 담가둔다

찬물에 담긴 시래기는
쪽진 머리가 단정하셨던 외할머니를 불러 온다

멸치와 다시마 황태채를 넣고 우려낸 물에
된장을 풀어 시래기국을 끓일 때
제대로 살림하는 여자인 것 같아
콧대가 높아지고
나이를 멀리 보낸 발랄한 웃음도 터뜨려 본다

앞치마에 스며드는

시래기국 향기, 그래 이건 냄새가 아닌 향기지

집안에 시래기국 향기 가득한 저녁 한 때

달빛처럼 고요하다

아득하여라

바닷가에서 만나는 하얀 포말 속의 얼굴
남해에서 멀리 보이는 작은 섬 두어 개
어린아이였을 때 입술에 힘을 주고 불던
동그란 풍선이 날아가서 울음 터뜨리던 순간

신두리 해안사구에서 불어오는 바람에
느닷없이 만났던 아찔한 해당화 향기
아버지가 즐기신 두꺼비 소주병에서
울려 퍼지던 나지막한 밤의 울림

물리지 않는 아득함 속에 내가 산다

붕어빵

뜨겁게 달구어진 빵틀에서
붕어들이 잘 삶아진 팥으로
배를 채우고 구워진다
석양을 뒤로 하고
종종걸음 하다가
그 앞을 그냥 지나치지 않고
종이봉투에 몇 마리 넣어가는
아버지들의 등이 넓기만 하다

붕어들의 입에서 뽀글거리는 소리가
분명히 아이들의 어깨를 웃음으로 들썩이게 할 것이다

허물 벗기

허물을 벗었을 때 비로소
새로 태어나는 것들
일주일간 목청껏 노래하는 매미
꽃밭의 행복한 나비
비단같은 몸빛으로 미끄러지듯 기어가는 뱀

사람도 허물을 벗어야 한다

많은 사람들이 자신의 허물을 벗으며
조금씩 높은 이상을 향해 살고자 한다
허물을 벗지 않으면
고여있는 물처럼 살다 썩어가니까

타인이 벗겨주길 기다리는 것은
어리석은 일
타인은 결코 그 누구의 허물을 벗겨낼 수 없다

날아오르는 것보다 귀한 것은
사람들의 허물벗기다

허물벗기는 내려가는 길이 아닌
날아오르는 꽃분홍빛 절정이다
향기마저 달큰한 비등점 온도에서
순간 솟아오르는 불기둥이다

벗겨진 허물은
떨어져나가 솟아오르는 것을 보면서
흙과 섞이며 흐르는 물이 된다

바스락거리는

초판 1쇄 발행 2020년 3월 17일

지은이   유지회
펴낸이   조전회
펴낸곳   도서출판 새라의 숲
디자인   박은진

출판등록 제2014-000039호(2014년 10월 7일)
팩스   031-624-5558
이메일   sarahforest@naver.com

ISBN 979-11-88054-17-6 03810

이 도서의 국립중앙도서관 출판시도서목록(CIP)은 서지정보유통지원시스템(http://seoji.nl.go.kr)과
국가자료공동목록시스템(http://www.nl.go.kr/kolisnet)에서 이용하실 수 있습니다.
(CIP제어번호: CIP2020008411)